I0686318

ODES,

PAR LE COMTE DE CHAMPFEU.

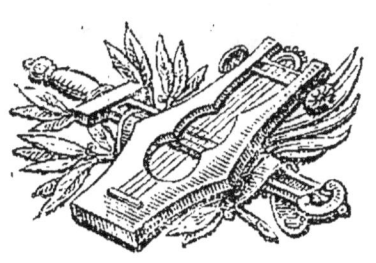

PARIS.

C. J. TROUVÉ, IMPRIMEUR-LIBRAIRE,

RUE NOTRE-DAME-DES-VICTOIRES, N° 16,

1828.

ODES.

IMPRIMERIE DE TROUVÉ ET COMPAGNIE,

RUE NOTRE-DAME-DES-VICTOIRES, N° 16.

Odes,

PAR LE COMTE DE CHAMPFEU.

PARIS,

C.-J. TROUVE, IMPRIMEUR-LIBRAIRE
RUE NOTRE-DAME-DES-VICTOIRES, N° 16.
1828.

HAINE FANATIQUE

CONTRE

L'ANTIQUE MONARCHIE.

I.

O souvenirs de la patrie,
O culte sacré des aïeux,
Qu'une touchante idolâtrie
Mêlait au culte de ses dieux !
Si ta sainte et brûlante flamme
Aux plus nobles élans de l'âme
Toujours éleva les mortels,
Quelle raison désenchantée,
Par son fol orgueil révoltée,
Voudrait renverser tes autels ?

Mais que, soumis à leurs oracles,

Les peuples, aux temps fabuleux,

Cherchent leurs noms dans des miracles,

Et leurs fondateurs chez les dieux,

Etranger à ces vains prodiges,

Sans merveilles et sans prestiges,

Le Franc, si terrible aux combats,

Pour consacrer le nom de France,

N'a d'autre dieu que sa vaillance,

N'a d'autre oracle que son bras.

Et quelle plus belle origine

Eut jamais un état nouveau?

Ce nom, la Victoire s'incline

En l'inscrivant sur son drapeau.

Le Franc, des nations tremblantes,

Foule les dépouilles sanglantes;

Et je le vois , avec fierté ,

Tranquille , appuyé sur sa lance ,

Montrant cette nouvelle France

Qu'il lègue à sa postérité.

Né dans les bras de la Victoire ,

Son jeune et vaillant favori

N'eut point d'enfance pour la gloire :

Aux armes ! fut son premier cri.

Dans ce crépuscule des âges ,

A ces temps rudes et sauvages

S'il paya tribut en naissant ,

Ces taches de la Barbarie ,

En éternisant sa patrie ,

Il les effaçait de son sang.

Mais de ce peuple monarchique
Que sont les antiques exploits
Aux yeux d'un esprit fanatique
Nourri de haine pour ses Rois ?
Sitôt qu'il voit, au rang suprême,
Briller l'éclat du diadême,
Succès, gloire, honneur, rien n'est plus :
Des temps le vainqueur responsable
De sa gloire devient coupable ;
Il le serait de ses vertus.

Dans les fastes de notre histoire,
S'indignant d'exploits aussi beaux,
Il saisit notre vieille gloire
Pour la déchirer en lambeaux ;
De l'honneur il flétrit la source,
Des temps il attriste la course,

Aux sombres accens de sa voix ;
Farouche historien des crimes ,
Il inventerait des victimes
Pour jeter leur sang sur nos Rois.

Bientôt de leurs honneurs antiques
Nos preux , dès long-temps dépouillés ,
Deviennent des tyrans magiques ,
Que son délire a réveillés ;
En tous lieux les tours féodales
Relèvent leurs cimes fatales ,
Et vont obscurcir l'horizon ;
Rêve d'un orgueil irascible ,
Qui cherche un tyran invisible
Quoi qu'il en coute à la raison.

Comme il hait l'antique noblesse,

De la France ornement si beau,

Qu'elle retrouve en sa vieillesse,

Qu'elle vit naître en son berceau;

Qui sur le sol de la patrie,

Grandit avec la monarchie,

Et, compagne de tous nos Rois,

De la gloire d'un sang illustre,

Fait remonter le premier lustre

Aux jours de ses premiers exploits!

Et qui sont ces anciens des âges

Dont l'inflexible austérité

Reste fidèle au vieil adage

De la sanglante égalité?

Peut-être quelques parricides,

De la raison fougueux Séïdes

Et passagers adorateurs,
Qui, sous la déesse impudique,
Ont traversé la république
A travers le sang et les pleurs.

Malheur au jeune prosélyte
De ces funestes novateurs,
Ardent et simple néophite
Qu'ils ont nourri de leurs erreurs!
Aimable fleur, douce espérance,
Qui, pour embellir notre France,
Devait un jour s'épanouir!
Flétrie à sa première aurore,
Elle aura vécu pour éclore,
Verser ses poisons et mourir.

Brutus d'un jour ! vous de nos pères
Infatigables détracteurs,
Et des Romains aux mœurs sévères
Ridicules imitateurs,
Parlez ! dites si Rome antique,
Si cette austère république,
Aux temps de ses Cincinnatus,
Eût laissé quelque vain sophiste,
Quelque insolent panégyriste
Insulter à son Romulus ?

Héritier des temps héroïques,
L'Athénien, si fier de ses lois,
Frappait des vengeances publiques
Le vil contempteur de ses Rois ;
Parmi ses solennels hommages,
Ses vœux confondaient les images

Et des Thésée et des Solon ;
Et le vainqueur du Minotaure
Semblait le terrasser encore
Près du vainqueur de Marathon.

Peut-être il eût gardé sa haine
Aux monarques qu'il renversa ;
Mais son cher pays, mais Athène
Ainsi que lui les enfanta ;
Et pour ce peuple vàin, mobile,
Turbulent, aimable, indocile,
Ivre de son égalité,
Le beau nom d'enfans de la Grèce,
De sa patrie enchanteresse,
Les absout de la royauté.

Et vous, fils de l'heureuse France,

Noble pays de tant de Rois,

Vous qu'on berça dès votre enfance

Aux vieux récits de leurs exploits,

Vous insultez à leur mémoire,

Vous reniez jusqu'à leur gloire ;

Et quel aveuglement nouveau

Flétrit tout ce qui fut illustre,

Et semble craindre qu'un grand lustre

N'ait éclairé votre berceau ?

Dans votre triste frénésie,

Pensez-vous donc qu'en un seul jour,

Une sombre philosophie

Ait tout effacé sans retour,

Lorsqu'au milieu de tant de larmes

Et de nos publiques alarmes,

Tout à coup, d'un sol gémissant,

Par une infernale puissance,

A jailli la nouvelle France

Qu'elle improvisa dans le sang?

Vous qui repoussez l'héritage

De tant de siècles glorieux,

Brillant, immortel apanage

Des Rois, l'honneur de nos aïeux,

A leurs noms, rien ne vous enflamme!

Tout reste muet dans votre âme!

Eh! vous n'entendez donc jamais

La douce voix de la patrie,

Sa voix touchante qui vous crie :

Malheureux! ils étaient Français!

2.

Alarmes, succès, infortunes,
Jours de paix, et jours de danger,
Douleurs, allégresses communes,
Pour eux rien ne fut étranger;
A leurs soins, leurs inquiétudes,
A leurs tendres sollicitudes,
On aurait dit qu'au fond du cœur
Ils sentaient que de notre France
Les Rois étaient la providence,
Et qu'ils lui devaient le bonheur.

Par eux sur la France idolâtre
Descendit la Religion
Qui, des Rois et du simple pâtre,
Vint consoler l'affliction;
Qui fit, de ce monde en servage,
Tomber les fers de l'esclavage;

Qui répète aux riches heureux :

Vous passerez sur cette terre ,

Et dit aux hommes de misère :

Votre Patrie est dans les cieux.

Nobles et grands dans la victoire ,

Plus grands encor dans le malheur ,

Nos Rois apprirent à la gloire

Qu'on peut tout perdre *fors l'honneur.*

Dans les hauts faits de leur vaillance ,

Et les beaux arts et l'éloquence

Puisaient leurs inspirations ;

Marqués du sceau qu'ils imprimèrent ,

Les plus beaux siècles s'envolèrent ,

Parés de l'éclat de leurs noms.

Pesant, dans un sage équilibre,
L'équité, leur force et leurs droits,
Ils régnaient sur un peuple libre
Par l'amour, l'honneur et les lois.
Rois des fidèles et des braves,
Ils ne connurent point d'esclaves ;
Et l'homme en sa captivité,
Fugitif de l'autre hémisphère,
S'il touchait notre heureuse terre,
Criait aussitôt : Liberté !

Liberté ! que ton nom m'enchante,
Lorsqu'un légitime pouvoir
Contient ta fougue trop ardente
Dans les limites du devoir !
Toi qui brilles de tant de charmes,
Ah ! que tu nous coûtas de larmes,

Aux jours où, te méconnaissant,
Des forcenés, ivres de rage,
Prostituèrent ton image,
Et la baignèrent dans le sang !

Prestige affreux ! à les entendre,
On eût dit que l'égalité,
Comme un bienfait, allait s'étendre
Sur la paisible humanité.
D'or, d'honneurs, de pouvoir avides,
Ils sentaient trop bien, les perfides,
Que de satan l'orgueil fatal
Attend l'homme à son origine,
Qu'au fond du cœur l'homme domine,
Et ne connut jamais d'égal !

Voyez ce monstre atrabilaire
Qu'offusquent toutes les splendeurs,
Frapper les heureux de la terre,
Abattre toutes les grandeurs!
Il foule aux pieds sceptre et couronne,
Et, dans l'effroi qui l'environne,
Posant son niveau détesté
Sur l'humanité qu'il écrase,
De sa hauteur, avec emphase,
Il proclame l'égalité.

Voilà donc la secte hardie
Dont le fanatique transport,
Des Rois, par son audace impie,
Profane et la vie et la mort!
Ombres justes et vénérées,
De nos hommages entourées,

En vain ces contempteurs jaloux
Voudraient souiller votre mémoire ;
Reposez-vous dans votre gloire,
Ils n'atteindront pas jusqu'à vous !

LES

CENT JOURS,

COMPOSÉE EN 1815.

Après tant de malheurs, ô ma chère Patrie !
A peine quelques jours ont embelli ton sort,
Et, d'un ciel sans azur, la lumière flétrie
      N'annonce que la mort.

Une pâle lueur, sinistre météore,
Balance sur les eaux sa livide clarté....
Le céleste courroux vient-il frapper encore
      Le monde ensanglanté !....

C'est l'homme de malheur ! les vagues en furie
Semblent mugir au loin son lamentable nom,
Et d'un accent plaintif, l'écho de la patrie
Redit : Napoléon.

Déjà de toutes parts paraît la foule immonde
Des bandits affamés, des spectres en lambeaux;
A-t-il donc évoqué ce vil rebut du monde
De la nuit des tombeaux ?

Mais vous, soldats français, courez le mettre en poudre !
Renversez d'un seul coup ses criminels desseins !
Qu'attendez-vous encor pour allumer la foudre
Qui repose en vos mains ?

A votre loyauté lorsqu'il vient faire injure,

Lorsqu'il vient, sans pudeur, soupçonner votre foi,

Repoussez le tyran, attaquez le parjure,

    Et sauvez votre Roi !

O Bayard ! ô Crillon ! dans votre noble France,

Par un vil intérêt l'honneur est infecté ;

Et, pour l'honneur flétri, l'or absout la vaillance

    De l'infidélité.

Partout la trahison ou séduit, ou comprime ;

(D'un magique pouvoir fatal enchantement !)

Au nom qu'elle proclame, il semble que le crime

    Marche à pas de géant.

                  3.

Mais soudain , à l'aspect de Paris qui l'abhorre,
L'usurpateur frémit.... je le vois s'arrêter....
Du sang qu'il y versa le souvenir encore
     Semble l'épouvanter.

Tyran! ils ont cessé les pleurs qu'au bruit des armes
Tout un peuple à l'instant répandait sur son Roi;
La stupeur les tarit, et l'on n'a plus de larmes
     En approchant de toi.

Sur les pas de Louis , seul espoir de la France,
Écoute retentir les accens de douleur !
Sur tes pas , malheureux ! écoute le silence
     Qu'inspire la terreur.

Il attend que la nuit couvre d'un voile sombre
Le palais où le deuil va régner sous ses lois ;
Il frémit du silence et se glisse dans l'ombre
 Au trône de nos Rois.

Mais de cette cité morne et silencieuse
Quels hurlemens soudain fatiguent les échos ?
De vétérans du crime une foule hideuse
 Proclame son héros.

Bientôt à ces brigands, couverts d'ignominie,
Insolens protecteurs d'un pouvoir incertain,
De leurs secours honteux mendiant l'infamie,
 Il va tendre la main.

Qu'ils courent se mêler à ce sénat avide,

Au pouvoir monstrueux qui se forme à sa voix !

Le parjure y conduit, et jusqu'au régicide

Va nous dicter des lois.

Là, de la république et de ses saturnales

Les sanglans souvenirs viennent se retracer ;

Le crime, avec délice, ouvre encor ses annales,

Pour les recommencer.

Du vaisseau de l'État qui sera le pilote?

Il le laisse flotter au gré des factieux ;

Esclave couronné, le timide despote

Est tremblant devant eux.

Tandis que, dans les murs de Paris en alarmes,
Le Crime audacieux soutient l'usurpateur,
Vers le Midi fidèle, on crie, on court aux armes,
On combat pour l'honneur.

De l'honneur un Bourbon y présente l'image ;
Puisse la trahison fuir un pays si beau !
Puisse-t-il de Henri déployant le courage,
Nous sauver son berceau !

Sans reproche et sans peur, je le vois qui s'avance ;
Pour offrir le pardon il brave le trépas.
Soldats, c'est un héros, un Bourbon.... C'est la France
Qui vers vous tend les bras.

Faut-il que tant d'amour ne puisse vous convaincre !

Vers ce cœur généreux laissez-vous entraîner !....

Vous le voulez, ingrats ! il est forcé de vaincre,

  Ne pouvant pardonner.

Aux rives de la Drôme il paraît dans l'arène ;

C'est là que, déployant le Royal étendard,

Le héros sait unir au sang-froid de Turenne

  La valeur de Bayard.

Déjà tout retentit des cris de la Victoire :

Et, sur le champ d'honneur, ce fils du Béarnais,

Ainsi que lui s'écrie, au milieu de sa gloire :

  Ah ! sauvez les Français !

Et des Français, ô Ciel! ont trahi son courage,

Sa gloire, leurs sermens, jusques à ses bienfaits!

Que ne puis-je effacer leur crime et leur outrage,

Et les maux qu'ils ont faits!

Mais, dans ces murs lointains, quelle noble Héroïne

Des plus braves guerriers surpasse la valeur?

C'est le sang du Martyr, la Royale Orpheline,

L'Ange consolateur.

C'est, d'un cœur sans remords, l'innocence intrépide

Présentant un refuge à l'honneur attristé;

C'est l'ange de la paix, plaçant sous son égide

La légitimité.

De sa grande âme, en vain, le superbe courage
Brave des facticux les sinistres complots,
Et la fille des Rois oppose aux cris de rage
   Le calme d'un héros.

Mais soudain, à sa voix, succède un long silence;
Le crime a sa pudeur : ils repoussent loin d'eux
Cet Ange tutélaire, orgueil de notre France,
   Et détournent les yeux.

Jour de deuil et d'effroi! pleure, Cité fidèle!
L'Ange consolateur a quitté tes remparts;
Et déjà, dans tes murs, d'une troupe rebelle
   Flottent les étendards.

O couple glorieux ! par des cris de licence
Ce noble cri d'honneur sera donc étouffé !
L'Enfer même et le Ciel se disputent la France,
L'Enfer a triomphé.

Dans les champs Vendéens, en ce moment funeste,
L'enfant saisit le glaive, et l'ancien des guerriers,
Au milieu de ses fils, du vieux sang qui lui reste
Arrose ses lauriers.

C'est là que le Chrétien, à son heure suprême,
Lui qui, pauvre, ignoré, combattit en tout lieu,
Répète, en expirant : *Vive le Roi quand même !*
Et vole vers son Dieu.

4

O Peuple de héros! tes exploits magnanimes
Laisseront loin de toi la fière antiquité;
Et ton nom glorieux rachètera nos crimes
      Dans la postérité.

Faut-il que, combattant un pouvoir qu'on abhorre,
Ces héros malheureux, mais jamais abattus,
· Périssent pour le Roi que nous verrons encore....
      Et qu'ils ne verront plus!

Tremble! le juste Ciel arme enfin son tonnerre.
Plus de Rois sans aïeux! le monde est détrompé;
Et leurs mains vont lancer les foudres de la guerre
      Sur ton trône usurpé.

Dans ton œil radieux quelle joie effrayante
Semble te présager un horrible succès !
En souriant, déjà, sur l'arène sanglante
Tu comptes les Français.

Hélas ! d'un faux honneur la gloire illégitime
Les conduit à la mort pour combattre leur Roi ;
Tu trompes leur courage, et leur gloire est un crime
Qu'ils commettent pour toi.

Mais, en vain, de ton nom la magie infernale
Inspire à tes soldats des efforts inconnus ;
Le Destin a pour eux marqué l'heure fatale :
Il frappe, ils ne sont plus.

Quand le triste néant de ta gloire éclipsée
Te livre tout entier à l'horreur de ton sort,
Pour échapper encore à ta grandeur passée,
    Tu n'as plus que la mort.

Il s'avance.... Est-ce enfin le trépas qu'il affronte,
Et va-t-il expier la mort de ses soldats ?
Nouveau revers, pour lui, n'est que nouvelle honte :
    Il fuit, et ne meurt pas.

Dans son cœur abattu, si le sort l'abandonne,
Le courage est sans force, et l'honneur est sans voix,
Et, frappé d'épouvante, il a fui sur le trône
    Pour en tomber deux fois.

Ainsi du conquérant la gloire vagabonde
S'éteint pour l'univers qu'elle avait ébloui ;
Il n'entend que l'écho de sa chute profonde
Retentir après lui.

Que sert de triompher aux terres étrangères ,
Pour guider l'ennemi vers ses propres foyers ,
Et voir le fier Sarmate , aux tombeaux de nos pères
Attacher ses lauriers ?

Paris , avec orgueil racontant son histoire ,
Ne nommait qu'un vainqueur, ce vainqueur fut son Roi ;
Qui souilla , par deux fois , une aussi noble gloire ,
Réponds , si ce n'est toi ?

Et du sang des Bourbons usurpateur avide,

Du pur sang de nos Rois quand tu fus inondé,

Pouvais-tu t'élever plus près du régicíde

    Qu'en frappant un Condé?

Bientôt les factieux, qu'irrite sa défaite,

Repoussent le bourreau de ses soldats vaincus ;

Et, fidèle à sa foi, quand l'honneur le rejette,

    Le crime n'en veut plus.

D'une fausse grandeur ce terrible fantôme

Sur l'onde qui gémit s'enfuit épouvanté ;

Le géant abattu n'offre plus qu'un atôme

    Par les vents emporté.

Lui qui se crut jadis le maître de la terre,
Sur le théâtre étroit qui l'enferme aujourd'hui,
Cherche ce Roi du monde, et frémit de colère
    En ne trouvant que lui.

Ah! d'un tyran déchu quelle est l'affreuse image!
Son regard immobile et sa pâle fureur
Révèlent les tourmens de l'impuissante rage
    Qui brûle dans son cœur.

Courbe ce front livide où brilla tant d'audace!
Écoute ton arrêt, et vis désespéré :
« Sur un rocher lointain, et perdu dans l'espace,
    » Tu mourras ignoré.... »

Dans ce muet exil, lorsque tout l'abandonne,
Vers des mondes nouveaux s'élance son orgueil;
Mais l'Ange de la mort, au lieu d'une couronne,
Lui montre son cercueil.

Cet aspect redoutable a calmé son délire,
Et bientôt éteignant ses dernières fureurs,
On l'entend murmurer encor le nom d'empire;
L'Ange répète : Meurs!

LES

PRÉTENDUS PHILOSOPHES

DÉTRACTEURS DE LEUR PAYS.

PHILOSOPHIE ambitieuse !

De tes principes séducteurs

L'expérience douloureuse

Enfin révéla tes erreurs,

Le jour funeste où notre France

Se réveilla sous ta puissance,

Aux cris triomphans des pervers :

Faut-il que ce réveil horrible,

Réveil fatal, leçon terrible,

N'ait rien appris à l'univers !

Novateurs hardis, dont naguère

Le langage présomptueux

Insultait aux Rois de la terre,

Bravait l'Eternel dans les Cieux,

Peut-être à l'épreuve sanglante,

Vous auriez frémi d'épouvante ;

De vos poisons l'homme infecté,

Pressé, poussé de crime en crime,

Se précipita dans l'abîme :

Voilà le fruit qu'ils ont porté.

Mais alors, à force d'insulte,

Il fallait flétrir, abaisser

Les vieux objets de notre culte,

Que l'orgueil voulait renverser.

Du haut de sa philantropie,

Régnait le philosophe impie,

Se défendant avec dédain
D'un peu d'amour pour notre France,
Et portant dans son cœur immense
L'immense amour du genre humain.

A l'entendre, un peuple frivole,
Esclave des plaisirs divers,
Et d'un Roi faisant son idole,
Etait un peuple dans les fers.
De nos mœurs la noble élégance
Blessait sa cinique importance ;
Et cet orgueilleux détracteur
Voulait, en accusant l'histoire,
Nous refuser jusqu'à la gloire,
Nous arracher jusqu'à l'honneur.

C'est lui dont la secte cruelle

Sans espoir nous laisse mourir ,

Et de la lumière éternelle

Eteint l'éternel avenir ;

Il courbe l'homme vers la terre ,

Au néant borne sa carrière ,

Des sens , de leur impureté ,

Compose sa divine essence ,

Puis , il le jette sans défense

A toute leur brutalité.

Mais dans ce sinistre cortége

De philosophes endurcis ,

Tonnant d'une voix sacrilége

Contre Dieu , l'homme et leur pays ,

Est-ce bien toi , brillant génie ,

Gloire et fléau de ta patrie ,

Est-ce toi qui vas diffamer,

Avilir la royale France,

Ingrat, toi que la Providence

Avait si bien fait pour l'aimer ?

De ton goût la délicatesse,

Et du beau le pur sentiment,

Ton sens exquis et sa justesse

Combattaient ton égarement.

Hélas! aux tourmens de l'impie

Ton orgueil immola ta vie;

Mais, de Dieu même contempteur,

Quand tu criais : *Mort à l'infâme*,

Tu sentais ce Dieu dans ton âme,

Et son vrai culte dans ton cœur.

De l'éternelle intelligence
Alors écoutant les accens,
Si tu cédais à sa présence,
Elle inspirait tes plus beaux chants :
Et c'est ainsi que, de la sphère
Où brille à jamais la lumière
De l'immuable Vérité,
Descend la céleste harmonie
Qui, sur les ailes du génie,
Retourne à l'immortalité.

Elle t'inspira son langage,
Quand de Jérusalem en pleurs,
Et des Chrétiens dans l'esclavage,
Tes chants soupiraient les douleurs !
Jamais ta muse gémissante
Ne rendit de voix si touchante

Que dans la sainte affliction
Du noble vieillard de Zaïre,
Redisant, avant qu'il expire,
Les derniers malheurs de Sion.

Dieu ! quelle horde sanguinaire,
De ses flots exterminateurs,
Inonde les flancs du Calvaire !
Mais que de martyrs, de vengeurs,
S'efforcent, dans la cité sainte,
A rallumer sa gloire éteinte,
Et d'un torrent toujours nouveau
Bravant l'indomptable furie,
Espèrent que la Barbarie
Viendra mourir sur un tombeau.

Ah ! que les preux de notre France
N'ont-ils brisé les étendards
De l'infidèle dont Bizance
Afflige encore nos regards !
Fanatique, insolent, avide,
Dans sa férocité stupide,
Inventeur des sanglantes lois
Qu'il traça de son cimeterre,
Et qu'il oppose sur la terre
A tous les bienfaits de la Croix.

Quand ta noble et simple éloquence
Racontait des peuples divers
La grandeur et la décadence,
Les triomphes ou les revers ;
Si ta plume, en erreurs féconde,
Poison et délices du monde,

N'eût pris un essor criminel,
L'histoire, un jour reconnaissante,
De sa palme la plus brillante
Eût paré ton front immortel.

Mais, en reprenant son empire,
Sitôt que l'esprit novateur
Te rendait au fatal délire
Et de l'orgueil et de l'erreur;
Lorsque le siècle, dans sa marche,
Te proclamait son patriarche,
Par ton excès d'impiété
Expiant ton apostasie,
Tu semblais perdre ton génie
A force d'incrédulité.

D'un ridicule ineffaçable
N'as-tu pas, par tes chants honteux,
Frappé cette Vierge adorable,
Dont le destin miraculeux
Fut d'être, à la fois, la vengeance,
L'honneur, le salut de la France;
Qui, dans les célestes concerts,
Puisait son ardeur prophétique,
Merveille dont la muse épique
Aurait dû charmer l'univers ?

Tu vengeais alors la critique
De quelques scandaleux écrits,
Avec cet orgueil despotique
Qui nous chargea de tes mépris ;
Et sur le sol qui te vit naître,
Des peuples le premier, peut-être,

De son grand nom déshérité,

Ne fut *qu'un welche* sans génie,

Qui, sous ta sanglante ironie,

Expiait sa témérité.

L'étranger, dans l'Europe en flamme,

De ton pays heureux vainqueur,

Bientôt, s'il poursuivait l'*infâme*,

Avait trouvé grâce en ton cœur.

En vain la Victoire étonnée

Fuyait la France consternée,

Pour insulter à ton pays,

Adoptant la gloire étrangère,

Tu traitais le vainqueur en frère,

Et les Français en ennemis.

Et combien l'Anglais indocile
Par toi n'est-il pas exalté !
Lui qui sut, en complots habile,
De sa fougueuse liberté,
Sur la révolte et sur le schisme
Fonder l'arrogant despotisme,
Et, sous le nom sacré des lois,
Dans leur asile, dans leur temple,
Donna le lamentable exemple
De proscrire le sang des Rois,

Faut-il donc de ces insulaires,
De rivaux altiers et jaloux,
Que nous, insensés tributaires,
Soyons esclaves de leurs goûts ?
Faut-il, dans l'absurde démence
Qui s'empare de notre France,

Que des peuples le plus heureux
Cède à la triste anglomanie,
Jusqu'à renoncer au génie,
S'il n'apprend *à penser* comme eux !

Dis—nous quel acte mémorable,
A ce dominateur nouveau,
Ou quel bienfait impérissable
Mérite un ascendant si beau :
Dans son esprit systématique,
D'une immobile mécanique
Trouver l'invisible moteur,
Et de la matière rebelle
Arracher quelqu'œuvre nouvelle :
Voilà ses droits à tant d'honneur !

Homme, noble roi de la terre,

Si le plus beau de tes destins

Est de façonner la matière

Par l'artifice de tes mains,

Vois ces réseaux où, dans la nue,

Arachné semble suspendue,

Et, roi vaincu, tombe à genoux !

Ou plutôt, devant les merveilles

Des industrieuses abeilles,

Superbes, humiliez-vous !

Long-temps, de sa féconde adresse

Si l'Anglais peut s'enorguellir,

Ce talisman de la richesse,

Le Français saura le saisir;

Et, sans penser que l'industrie

Soit plus qu'honneur, gloire, patrie,

Marquant ses ouvrages nouveaux
De ce goût pur que rien n'efface,
Leur éclat, leur force et leur grâce
Feront pâlir tous ses rivaux.

Mais, plutôt qu'on lui rende hommage,
Comme au peuple qui, sur son cœur,
Porta toujours ce noble adage :
Tout pour la gloire et pour l'honneur !
Quel autre de la monarchie
Eut mieux l'instinct et le génie ?
Vrai peuple de la royauté,
Si ce bonheur héréditaire
Avait pu manquer à la terre,
Le Français l'aurait inventé.

Il entoura, dès sa naissance,

Et l'affermit par ses exploits,

Cette légitime puissance,

Bonheur du peuple, honneur des Rois.

Il semblait qu'à sa destinée

La royauté fût enchaînée,

Et qu'expirant sans son appui,

Sur les lauriers de la Victoire

Elle dût vivre de sa gloire,

Ou succomber auprès de lui.

Ainsi, quand du monstre anarchique

La rage vint fondre sur nous,

Tout trembla : quel sol monarchique

Ne fut ébranlé de ses coups?

On eût dit que, par la licence

Qui frappait notre vieille France,

Tous les empires envahis

Allaient, sous la même doctrine,

Crouler de ruine en ruine,

Et s'abîmer dans leurs débris.

Brillant d'une force nouvelle,

L'honneur sortit de nos excès,

Honneur dont l'antique modèle

Est empreint au cœur du Français ;

Lui qui garde encor souvenance

Qu'un jour où, de l'intempérance

Gaîment il buvait le poison,

Ce fut en menaçant sa gloire

De le priver de la victoire

Qu'on le rendît à la raison *.

---

* Au siége de Mahon, les soldats s'enivraient souvent dans ce pays où le vin était en abondance. Le duc de Richelieu, qui voulait donner l'assaut le lendemain, fit mettre à l'ordre que le premier soldat qui serait surpris à boire n'aurait pas l'honneur de monter à l'assaut. Pas un Français ne but, et la ville fut emportée.

Quel peuple, par le seul prestige

D'un aussi noble châtiment,

Aurait enfanté le prodige

Qui fut l'ouvrage d'un moment?

Il faut, du beau feu qui l'enflamme,

Qu'il fît l'élément de son âme,

Et le besoin de son grand cœur.

C'est l'astre brillant de l'histoire :

Si le Français vit dans la gloire,

Il périrait faute d'honneur.

Que l'honneur donc crie anathème!

Anathème au fils révolté,

Monstre qui déchire lui-même

Les nobles flancs qui l'ont porté!

Que tout Français, dans sa justice,

Soit l'instrument de son supplice ;

Et que le coupable, à jamais

Proscrit sur la terre natale,

Entende cette voix fatale;

Barbare! tu n'es pas Français.

www.ingramcontent.com/pod-product-compliance
Lightning Source LLC
Chambersburg PA
CBHW060808180626
46818CB00002B/747